혼돈

혼돈

—

초판 1쇄 2015년 5월 1일
지은이 전연욱
펴낸이 김영재
펴낸곳 책만드는집

—

주소 서울 마포구 양화로3길 99 4층 (121-887)
전화 3142-1585·6
팩스 336-8908
전자우편 chaekjip@naver.com
출판등록 1994년 1월 13일 제10-927호
ⓒ 전연욱, 2015

—

ISBN 978-89-7944-525-1 (04810)
ISBN 978-89-7944-354-7 (세트)

책 만 드 는 집　시 인 선 0 6 8

혼돈

전
연
욱

시
집

책만드는집

등단하고 언제부터인가 나의 시가 명예도, 생활도 못 됨을
알았다.

시력 40여 년-마약질 같은 글쓰기를 중단하지 못하고 일
곱 번째의 시집을 내면서 시신詩神과의 접신에 꽂혔던 내 뇌
파를 측정한 진료 기록을 보이는 것 같다.

허나 이건 내 분신이다. 눈물과 가슴이 아우르며 잡다히
피어난 풀꽃이다.

누군가의 기억에 내 시 몇 줄이 맴돈다면 나는 시인이다.

일곱 권의 시집을 내면서 내 작품에 해설을 단 건 이번이
두 번째다.

고심 끝에 박시교 님께 원고를 넘긴 후 한 달여 만에 해설
을 끝냈다는 전화를 받을 때부터 나는 긴장하기 시작했다. 쉽
게 메일을 열어볼 수가 없었다.

마음 다잡고 읽고 나니 어려운 시험을 통과한 기분이다.

그리고 책만드는집 사장 김영재 시인님! 이 시집의 출판을
위해 협조해주신 우정이 내게 큰 위로가 되었습니다. 두 분께
고마운 마음 간직하고 있습니다.

2015년 4월

전연욱

| 차례 |

2부

3부

4부

5부

1부

나는 목마르다

소리도 지르지 못하는
뭉크의 '절규'*를 본다

분노는 수치로 남아
쌓고 쌓는 침묵의 소양

비운다
내려놓는다
손바닥이 시리다

* 노르웨이의 화가 뭉크(1863~1944)가 그린 '절규'라는 제목의 그림.

풀꽃

절로 자란 풀 더미에
눈길 닿는 쓸쓸한 꽃

자연의 은총으로
얼굴 내민 야생의 신비

예쁘다
이름이 잡초더냐
몹쓸 인간이야 너만 하리

가지치기

척 보고 잘라내는
익숙한 저 손놀림

자를 건 잘라야만
더 예쁘게 자란단다

내 생각
무엇을 버려야
반듯하게 살았다 하리

잘 익은 열매 따 먹듯
골라 골라 챙겨라

소중한 인연이나
꼭 마무리해야 할 일들

선정한
예정표 속엔
접어야 할 바람도 있다

국지성 폭우

소나기에 울음 묻고
홀로 간다 벌판으로

여긴 분명 아파트촌
시계視界가 흐려 벌판이다

농 터진
가슴 발기어
씻어라 비 내리신다

구름에 달 가듯

너는 움직이는 미라
삶의 가치를 갉아먹는

옹이 박힌 이 목숨
미움도 적막해라

저 달 속
전설의 묵화
방아 찧는 토끼라던데

장돌뱅이

제철 맞은 헌 옷 꺼내 주머니에 손 찌르니
횡재로다 도톰한 지폐 귀한 인연도 이렇게 잊었을까
싹쓸이
정돈된 재래시장
싸구려 전이 어디더라

유독 처진 엉덩이 아래 두툼하고 높은 신발 굽
굽 높이를 거슬러 올려다본 그녀의 키
아뿔싸 그래서 조화롭게 위장술로 사는 것을

가는 데까지 돌아보자 못 견뎌서 집 나온걸
천식에 가는귀먹어 TV만 윙 윙 울어대고
그나마 보기나 하나 졸며 짱 박고 앉았는걸

가지며 호박이며 한 바구니에 천 원이요
엄청 싸면 뭘 해 먹을 입이 있어야지
분주한
내 삶의 터전
떨이 못 한 생선 장수 같네

고백

-J에게

간다는 말 못 하고 와
발길 멎는 이 허전함

그랬던가. 몰랐다
한 줄기 바람도 없이

만나면
그냥 즐겁던
네 사랑 스민 흔적

는개 내리는데

잠 설친 자정 넘어
촉촉이 젖은 보도

머리 위 내리는 비
신의 안수 가피로다

지구는
태양의 권속
하늘 따라 무상하니

봉분 없는 무덤

성남 땅 단대리 언덕 청계천 철거민 수용소
두 살 터울 작은언니 묻어두고 떠난 38년
남한산 산신령님 날 불러 그 슬픔 거두라 하시네

앞앞이 말 못 한 내 아픔 기나긴 통한의 땅아
청춘에 병든 몸이 천막 밑에 주저앉아
'이년아
너만 가버리면 나는 어찌 살라꼬!—'

애써 잊으려던 돌아보지 않으려던
옛 상처를 들추면서 그 영혼 달래라 하시네
생목숨 남의 땅에 가매장한 가난이여 눈물이여—

동생이 언니 되고 동생처럼 보채던 언니
둘로 나뉜 한 몸뚱이 슬픔도 기쁨도 함께하던
아득히 너 혼자 묻혔는데 나 여기 뼛가루 뿌리라네

무제 2

비틀고 잘라내니
뿌린들 견디려나

없는 듯 그냥 시들까
마하반야바라밀 삼독

움트는
이 환희를 몰라라
다시 꽃피워 햇살 받으리……

세상사 접어두고
산소 찾아 벌초하듯

귀거래 품은 뜻은
회한만은 아닐세

옛 동무
찾아온 소쩍새야
너는 왜 여태 우니

안과에 다녀와서

눈병이 맞습니다
멀리 나다니지 마시고
보통 노인네들처럼 그냥 편히 쉬세요
유난히
맑은 풀벌레 소리
대지의 숨결인가

외진 곳 자투리땅에도
햇볕은 머물다 가고
가을바람은 온 산야에 황홀한 물감 뿌리겠지
풀 냄새
더듬어가며
술래놀이 하련다

내 고향은 아니지만

완산完山 전주全州 그 지명
내 뿌리 전全씨 관향이라

전섭全聶 할아버지야
전씨 모두의 어른이지만

새삼 왜
내 뿌리 그리는가
혈육도 생가도 없으니

이 몸 물려주신 선조님
내 고향은 어디랄까요

누가 내 유년을 캐면 준유복자에 집시라

그런데 우리 아버지는
녹두장군 노래만 부르셨대요

목숨 주고 사랑 주고
다 가버린 혈육들

홀로 남은 신세 면먼 완산벌 밟습니다

조상님
○○○이가
이 낯선 땅에 왔습니다

여행

가고 싶은 곳 없어도
탈출이 보장된 이 한때

나를 평상심으로 무언적멸에 묻고

예약된
미지의 나라
찾아갈 안내서는 안개

추억 속의 그 소리

일찍 가신 나의 대부는 천생 소리꾼이었다
그분 무릎 위에 안겨 듣던 판소리며 육자배기
탁배기* 젖은 가슴으로 애간장 끌어내는 그 목청

내 몸속에서 솟구치는 땅과 하늘 잇는 소리
여수 어느 외딴섬 그분 할머니 뵈러 가던 길
여객선 배 밑창에 앉아 "택끼**란 놈이" 하고 슬슬 뽑던

쑥대머리 춘향가는 애잔하게 넘어가고
심청이 젖 먹이듯 안주 집어 내 입에 넣어주며
흥부네 박타령 흥겨울 때 소리판은 저물더이다

목구멍 넘어올 듯 소리 터질 듯 '꿈아 꿈아'
꿈을 깨고 놓친 님이 원통해서 목이 쉰 명창
남도 땅 어디선가 흘러나올 그 소리를 만나고 싶다

* 막걸리.
** '토끼'의 전라도 방언.

꽃이 지네

벗꽃이 눈발이듯
바람에 흩날립니다

겨우내 앓던 봄을
눈부시게 뿌려놓고

서둘러
떠나시다니
봄은 아직 한창인데

2부

단풍이 떠나면서

바람이 대문을 두들겨
살펴본즉 몰려온 낙엽

'이제 떠납니다'
고개 숙인 자태가 곱구나

내년엔
더 찬연히 타거라
편지함에 꽂아둔다

낙엽론

이승이 꿈밭인 걸
헛디딤질 하며 왔다

어느새 떠난 세월
낯섦만 깊어가고

너 일생
낙엽 되는 날
거름 될까 거듭날까

살아온 어느 날도
슬프기만 했으랴

절경으로 물든 단풍
산천이 넋을 잃고

어쩌면
사라지면서
생명은 이어가는 것

채송화 사랑

잡풀도 아닌 것이
뼈대도 없는 것이
색색 꽃 달고 어우러져 참 곱구나
꺾어도
뿌리 내리고
물 없이도 잘 견디네

탐스러운 색색 송이 나직이 뜰을 덮고
해마다 내 꽃밭은 채송화가 귀빈이라
그 자태 닮고 싶어라 햇볕 아래 쪼그리고

셋은 손자 얼굴
한둘은 내 딸아이 얼굴
너처럼 예쁜 모습 저승서도 만져질까
지상의
온갖 비경들
여기가 극락정토 아닌가

비정 유정

모두들 가는구나
내 앙칼도 풀리누나

차라리 후회로 안고 갈 너의 실수

무서워
눈물 나는 그의 고백
"내가 몸이 많이 안 좋아요"

우면산 자락

서울 서초구 우면동 여기는 도시의 정원이오
땅에는 온갖 풀꽃들 날 새면 얼굴 내밀고
EBS 올려다보는 언덕 개나리 산벚꽃 장관이오

쑥이며 씀바귀 돌나물 찬거리도 넉넉하오
탐스러운 목련꽃 4월의 여왕이네
민들레 노란 동그라미 밟지 마요 베지 말아요

산수유 진달래 피곤한 듯 수척하니
라일락 산다화 철쭉 씩씩하게 봉오리 맺고
가을엔 온 동네가 단풍 들어 산속같이 아득합니다

천둥 치는 밤에

하늘은 여러 번
사람에게 교신을 보냈다

사계절의 변화
천재지변의 참상

우주가
사람을 지배한다고
지금도 소리친다

쓰디쓴 미소

가능한 꿈에 기대어
세월 꼽으며 기다렸다

아닐세 여기 그 산마루 하늘과 절벽뿐인

아직도
악연이 깊어
나는 자유롭지 않구나

어쩌다 잘못 든 길
멍청한 내 탓이리

늘 포기하면서 살면 상처는 아물던가

이제 또
하심의 잣대
하늘길이 가깝구나

간병 일지

하루에도 몇 번씩
하늘 보고 헛웃음 친다
누가 제 앞날을 꿰뚫을 수 있었던가
원수도 못 내칠 사람의 일
내 죽음도 이러할까

나는 피해자였다고 산송장 두곤 못 떠난다고
살과 피를 섞은 내 새끼 절반은 애비의 DNA
내 업보 자식에게만 떠맡길 순 없잖은가

철저히 망가진 자
눈 둘 데가 없어라
더 줄 것도 받을 것도 없는 싸늘한 승부
미워할 죄 아니니라
잔인한 목숨의 장난

시체와 더불어

유학 간 손자의 애견
들짐승처럼 뻗은 사체

질기게도 못 죽는 노환
목숨 거두게 기다린 시간

절명을 확인하는 절차
무정하게 두려웠다

부재 2

도망치고 싶었던
그 사람과의 긴 동반

가래 끓는 기침 소리 병균이 잠식했던 이 공간

일상은 습으로 남아
공허한 눈물 흐른다

사랑 이룸 역사마저
때론 침몰하는 난파선

작별도 망각도 흩어지는 구름 같은 것

기억은 잠시 바람이 이는
부재의 실상이다

3부

일어서는 들풀

황량한 들녘 끝을
멀리서 보내는 미소

높이 뽑던 장끼 울음
단비로 젖더니라

살며시
다가온 풀 내음
그 포옹 옛날 같아라

옥탑

옥탑은 햇볕 만나는 곳
가난한 사람 쉬게 하는 곳

지하는 깜깜하여
올라간 나의 커피숍

동장군 얌전히 물러가면
꽃을 피워 하늘 밭 가꾸자

투명한 지붕 위에
소복소복 쌓이는 눈

여름엔 시원한 빗소리
드럼 치듯 울리겠지

도시는 흙을 덮어버리고
틈서리 비집고 나온 풀잎

커튼을 걷고

모처럼 바라보는 창밖
꽃들이 퉁기는 부신 햇살

노래하는 살구꽃인가 늙지 못한 내 소년아

천연색 온갖 생명들
어우러져 곱구나

가슴 겨눈 독화살
얇은 천 한 장으로 가리고

사는 일 잊으려고 숨죽인 세월 제치니

어느새 날아온 제비
처마 끝 맴돈다

봄비

빗물 머금고 톡 터진
튼실한 꽃망울은

몇 년 만에 본 손자 얼굴
나의 화엄불이었네

온 세상
봄을 거느리고
오시는 젖은 발자국

내가 얻은 자유

다 잃은 후에야 절로 찾은 나의 자존

탈고 못 한 내 소설처럼
무시로 덮치는 상실감

걷다가
방향도 잃는 이정표 없는 거리

미리내 통신

무딘 내 정수리에
자그만 등을 단다

세월 접는 사이
기억 속 별똥별이

위험한
불씨를 들고
싸늘한 심지 달구누나

박물관 유리곽 속에
귀하게 모셔진 운석

우리가 이 땅에 온
비밀한 생성의 족보

젊은 날
하늘 덮은 불꽃놀이
노을 진 강물에 피어난다

빗속의 풍경
– 현사 종강하던 날

내게 아직 남은 정이
가랑비에 가슴 젖어

구름 속 내민 산봉
산자락에 눈물 매달다

숨겨둔
끼에 부대껴
잔 들고 노래 흘리며

몇몇 화우들은
추녀 밑에 자리 잡고

다리 밑에서도
비 내리는 풍경을 그리는데

신들린
붓놀림으로
빗줄기를 자르랴

쓸쓸함이 물고 온 것

인형을 만들듯이 인물화를 그리듯이
부담 없고 살가운 인연 한번 지어볼까
미워할 동행도 없는 이 공간이 무거운 날

무지개다리 놓아 수렁에서 건져내리
석불에 점안하고 묵시를 기다리자
우주의 기를 받으며 낮게 낮게 절하리라

곰배령 가는 길
– 동계 사생지에서

가도 가도 깊은 골짝
하이얀 눈밭이었다

노루들만 놀다 갈
빽빽한 나목 사이

동화 속
그림 같은 집
그 배 속이 궁금한 장독대

겨우내 녹지 않을
두꺼운 눈을 이고

도시에서 찌든 화가
손끝을 유혹하는 고드름

눈밭에
꽂힌 햇살이
천장에 매달린 메주를 쏜다

옥화 씨

현대사생회 회원 중엔
매력 있는 명사가 있다

대구로 이사 간 후에도
개강 종강 연휴 사생 챙겨

무거운 화구를 끌고
육중한 몸으로 서울 온다

챙이 큰 모자 긴 머플러
그녀의 패션은 돋보이고

조금 낮은 듯한 키
약간 이지러진 얼굴

그마저 당당한 자존인
강렬한 색상의 화가다

아산我山도 고희라네

고희봉 서러운 등정 그대 언제 날 따라왔소

잦은 만남 아니어도 귀에 익은 그 음성

세월은 내 머리 위에만 눈발 뿌린 게 아니었네

옥탑방의 빗소리 후

불볕 가뭄 기가 막혔네
가난한 꿈이 타버렸네

원고지 챙겨 도망 간 전동차 안 흔들리던 서재

빗소리
흠뻑 젖어도 좋을
시원하고 달콤한 음률

기쁨도 잠시 TV 뉴스
폭우 태풍 아수라장

무인 폭격기처럼 부수고 휩쓸고 간다

문명은
사람의 역사일 뿐
자연의 두 얼굴을 당하랴

4부

양념장 한 순갈

열 받아 그녀 볶아대던
맞은편 연하 남친

새초롬 눈 내리깔고 갈비탕 식히는 그녀 코앞에

눈웃음
다대기 한 스푼
건네주는 그 남자

혼돈
－영축산 극락전에서

님은 내게 혼란한 미소
그윽이 절로 머금고
바란 듯 난 다소곳 입꼬리 올라갔다
이 어인
가피 내리심인가
40년 묵은 인연

먼 길 함께 갈 수 없었기
살며시 놓은 님의 손
허전한 이 팔목 화인 찍힌 연비식
오솔길
돌아서 오신 이
내 안에 있던 당신이네

아득히 혼돈의 산실
'빅뱅' 그 굉음은 숨고
미립자 전자파끼리 엉킨 세포군단 속
내 근심

단방에 날린
마음자리 짚어본다

옛 뜰에서

담갈색 훤칠한 키
사방으로 굽은 가지
선홍빛 꽃송이들 흐드러지게 피었구나
널 두고
떠난 세월을 당겨
가슴 가득 끌어안네

내가 심은 그 배롱나무
훌쩍 커버려 낯설어라
시나브로 터진 살갗 허물 벗듯 견뎌온 자태
눈 맞춤
우린 이제 시작이야
긴 이별 묻힌 진실

붉고 푸른 애증을
뿌리고 삼켰던가!
잎잎이 단풍 들면 가신 이 오시던가
붙박여

전설이 된 나무
나는 역사를 다시 쓴다

귀환歸還

이제는 돌아가리라
갯내음 물씬 나는 고향
캄캄한 밤바다에
숨겨둔 슬픈 이름
그 이름
부표로 뜨는
고향이 있었거니

타향살이 수십 년에
멀어진 섬과 바다를
배낭 메고 싸다닌
해어진 내 운동화
그 퍼런
물살을 안고
출렁이는 나의 부표

눈이 내릴 때

아직 내 손 가만히 잡는
당신이 있어 꿈을 꾸오

촉촉이 스며드는 알 수 없는 그대 밀어

행복은
믿음이라고
얼굴에 새기는 하얀 글씨

머저리

간절히 원한 것 있었다
누굴 까내리기도 했다

더위 먹은 노숙자마냥 오판 오발 아찔해라

단박에
알아차리긴 한 듯
도망치고픈 아린 가슴

동백꽃

집도 돈도 없는데
빨간 접동백 꽃나무 샀다

어디 둘까 몇 끼는 굶자
마냥 흘려 끝낸 흥정

고향 집
뜰에 낙화한 핏덩이
환생했다 꽃봉오리

진달래

가파른 자투리 언덕에
곱게 피어 애잔한 꽃

뉘 입술에 덴 볼이 아려서 몽롱해서

잦아든
불길 되살아
지천으로 번지네

원점

신록 청청 우거진 숲 속
그토록 보채던 소쩍새

긴 세월 어제인 듯
철없는 다짐이듯

'솥적다'
내 것 내가 찾는다
동네방네 외치네—

해변 26
−서천 선도리에서

내가 잠든 사이
바다는 밤새 울었나 보다

뭍과 물로 만났던
우리 살가운 벗은

어느새
뒷모습 보이며
떠나는 걸 잡질 못하네

다시 오리란 기약 있어
뻘밭을 얕게 도는 물새

바닷물이 몰고 온
퍼덕이는 만찬의 달빛

그리워
내가 돌고 돌아
널 기다리는 해변에 섰다

곡우穀雨에

꽃샘추위 질긴 시위
자지러진 봄 한켠

문우의 출판 소식
메일로 뜬 전파 세상

시인은
무슨 못다 한 말
곡우처럼 뿌리려나

만남

빙산이 녹아내리는가
태풍도 잠이 들었나

동불 닮은 너의 미소
무슨 죄 숨겼을까

내 원망
'화엄신중' 합장하네
사연 있었다 답하시네

옛 사람 2

그대 젊은 날의 모습
내 눈 속에 남아 있고

나 예뻤다던 얼굴
그의 눈 속에 암암하리

우리는
먼 타인으로 늙어
옛날을 퍼즐 맞추기 한다

장마

어제 막 붓을 뗀
묵화를 깔고 내리는 밤비

늙음을 확인하는 목숨의 순리를 뒤척일 적

서둘러
낙화한 봉선화
맨드라미 키를 높였네

5부

동아줄

천지신명이시여―
이제야 귀 열리는 내 속울음

맑은 물에 손을 씻고
물레질을 익히리다

퇴색한
비원悲願의 실타래
무지개로 뜰 때까지

시詩가 내게로 올 때

사랑한다고 고백 못 한 미워진다고 투정도 못 한

볼수록 낯선 그대처럼 어찌 절친으로 왔는지

접신한
무당이듯 앓는 나를
끝내 항복시킨다

마지막 여행지는

언제쯤으로 설정한 목적지는 아니었다

헤매다 깔깔대다 납치된 문턱에 섰다

낯설다
이렇게 외진 곳
예약한 바 없는 숙소

어머니 2

당신은 하늘입니다
우주의 비밀입니다

당신도 모를 섭리 따라
날 낳으시고 기르신

아무도
지울 수 없는
화인, 인고의 사랑입니다

그냥 운다

눈치코치 볼 일 아니다
날 붙잡고서라도 울자

메마르지 않은
가슴으로 젖는 거다

한심한
인연의 고리
번뇌 삭이는 정화수네

이산離散 그리고 상봉相逢

헤어질 때 서운하여
아니 볼까 하는 생각

허락된 공간에서 잠시 보고 따로 가는

정해진
각본 뒤적이며
이별의 말 골라본다

산골 마을 억새처럼
바람에 뺨 비비며

흰머리 드러낸 채 주름지게 웃어보자

잡은 손
모질게 풀며
떠나온 기억 생생하다

우린 눈물 젖지 말자
가슴 칠 일도 말자

너 나 아닌 사람과 정 주며 몸 감고 사는 현장

다짐도
맷힘도 날려버린
만남이 있는 여울목

여적 餘滴

예정된 이별이었다
너는 슬픈 내 사랑
열쇠는 버려둔 채 자물통 채워버린
열어볼
이유 없었니라
열공하던 작업실

세월이 허물어져 돌쩌귀도 삭았는지
비집고 흐른 묵향 그 문짝 부숴버렸다
어설픈
눈빛 꽂으며
두서없이 잡힌 손

그러나 덧칠한 내 작품
대책 없이 망가진 묵화
기쁨도 갈피 없고 찢을 일도 아니어서
머잖아
홀로 떠날 그날처럼
목울음 삼키나니

낙화

베인 눈물 훔치며
부끄럼 용서한 나이테

대책 없이 늙은 건 내 잘못 아니라고

사랑도
이별할 그날
작약꽃 하마 진다

모든 것 두고 떠날
그날 위해 기도하나니

초롱하게 평온하게 비우고 가시옵길

별무리
잡힐 듯 다가오리
천상의 여행길은

평행선

못 보는 나날 만큼
궁금한 그를 다 알려 말자

자칫 삐끗하면 부딪고 벌어지는 레일이다

묵계로 나란히 간다
임자 생긴 정인의 거리

둥지

높은 가지에 집을 짓는
텃새들은 안전한가
맑은 하늘 눈과 비 바람이 맨 먼저 닿는 곳
관리비
월세 없는 옥탑방
춥고 뜨거운 철 말곤 살 만하다

비와 햇빛 가리개로
붙여둔 비뚤어진 판자 쪽
그 틈새로 이웃집 맨드라미꽃 보인다
조금만
더 뚫으면 더 보일
아, 햇빛도 비도 막아야 하네

지기

못생겼건 미흡하건
넌 나의 선택이 아니다

소꿉친구처럼 발가벗긴 우리 속 허물

주저리
꿰어도 피장파장
멀리서도 곁을 준다

망중한 忙中閑

말 없이도 느낌 닿는
자연은 눈과 귀의 쉼터
감탄은 극히 원시적인
괴성과 몸짓만 허용함
그림은
만국의 문자
선과 색채의 꿈밭이다

지상에 넘쳐나는
인간의 피조물들
계급 학벌 나이도
차별 않는 예지자叡智者
방사된
언어를 수습하는
자연의 숨결을 그린다

별들은 알고 있을까

.

벌레처럼 무더기로
매몰되고 수장된 산 사람

천재지변 아닌 인재人災
돈이 비수되어 날아 꽂힌다

뿐이랴
남의 꿈을 강탈한 자
알고 있겠지 저 별은—

눈 감고 무념에 들까
엎드려 하늘에 손 벌릴까

이대로 접기엔
꿈 아닌 빛이 남아

손 놓고
목숨만 챙기긴
덧없는 삶 아니던가

『혼돈』을 통해서 읽는 공감共感의 힘

박시교 시인

1

우리 시조단에서 70년대가 갖는 의미는 각별한 면이 없지 않다. 먼저 출발점을 살펴볼 때 정치적으로는 군사정권의 고착화가 견고하게 굳어가던 암울한 시기였고, 사회적으로는 산업화 사회로의 전환이 발 빠르게 이루어지고 있던 아주 중요한 시기였다. 소위 전환기의 시대상과 맞물려 문학 전반에 걸쳐 새로운 기운이 용틀임을 한 시기였다면 시조단도 그 안에 속해 있었지만 솔직히 고백하자면 그 중심에 서 있지는 못

했다. 전연욱 시인의 시 해설을 하면서 굳이 글머리에 이 말을 올리는 것은 시대와 시조의 동행 관계는 과거와 현재는 물론이고 앞으로도 그 역할이 중요할 것이라 믿기 때문이다.

전연욱 시인은 1973년《현대시학》으로 등단했다. 그 무렵《현대시학》은 주요 시조 시인 몇 명을 배출하였는데, 임종찬, 이우걸, 김현, 김영재, 권도중 등이었다. 이들 시인군은 70년대를 대표할 뿐만 아니라 현대 시조사의 주역으로 기록되어 있다. 그들 중에서 전연욱 시인은 유일한 여류였다. 지금이야 굳이 '여류'라는 별칭을 달지 않을 정도로 오히려 시인 수의 절반 이상을 차지하는 것이 여성인 현실이 되었지만 당시는 '여류' 등단이 드물었던 시기였다.

등단 42년, 그동안『비를 몰고 온 바람』『지옥도地獄圖』『몸살로 오던 가을』『그리운 섬』『멀미』『산바람 소리』등 여섯 권의 시집을 상재하였으니 이번의『혼돈』은 제7시집이 된다. 평균 6여 년 만에 한 권의 시집을 꾸준히 낸 것이니 다작이라고까지 할 수는 없지만 그렇다고 결코 과작이랄 수도 없는 꾸준한 행보였음을 확인하게 된다. 아무튼 이번 시집에서 특별히 주목되는 것은 단수가 그 어느 때보다 많다는 사실이다. 수록 작품 64편 중에서 반이 넘는 33편이 단시조다. 종래의 시집에서는 연시조 중심이었던 데에 비해 우선 외형상의 차이점이 눈에 들어왔다. 이는 무엇을 의미하는 것일까.

초기에 속하는 제2시집 『지옥도』의 발문에서 이우걸 시인은 "…… 두 번째 시집에서도 치열하고 활달한 시, 가열한 정신의 시를 만날 수 있고, 맹목적이리만치 시에 대한 끝없는 애정을 확인할 수가 있다. 그러나 …… 이제 그만큼 언어의 방황을 해보았으니 좀 더 정교한 언어 시도를 해보라"는, 이미 작고한 스승의 부탁이 있었지 않았겠느냐고 에둘러서 우정의 충고를 곁들이고 있다. 굳이 이 말을 인용하는 것은 초기 이후까지도 전연욱 시인의 보법과 시어는 상당히 도전적이고 도발적인 면이 두드러졌다고 기억하기 때문이다.

그러면 앞의 이야기로 되돌아가서, 연작이 아닌 단시조에서는 이러한 면이 완화될 수가 있고 또 언어가 다듬어질 수 있는가 하는 우문에 우답을 곁들인다고 하면 '어쨌거나 그렇다'이다. 그리고 여기에 더하여 오랜 경륜과 모난 곳의 연마도 일조를 했을 것인데, 이는 필자의 경험을 빗대어서도 확언할 수가 있다.

2

벗꽃이 눈발이듯
바람에 흩날립니다

겨우내 앓던 봄을
눈부시게 뿌려놓고

서둘러
떠나시다니
봄은 아직 한창인데
ー「꽃이 지네」 전문

"겨우내 앓던 봄을 / 눈부시게 뿌려놓"은 벚꽃의 눈발 같은 낙화가 더없이 애잔하다. 이제까지 전연욱 시인이 보여주었던 봄의 모습과는 사뭇 다른 모양이다. 예컨대 "간밤에 자결한 동백꽃 / 그 살점 흩어진 핏덩이 // 어여쁨이 튀어 / 팔려 온 이국 아가씨야 // 지존을 / 사랑보다 아낀 / 여인의 싸늘한 넋(「빨간 겹동백꽃」)"이라고 노래한 제4시집 『그리운 섬』에 수록되어 있는 작품과 위에 인용한 「꽃이 지네」를 비교해보면 매우 흥미롭다. 시인에게는 중기 시에 해당하는 「빨간 겹동백꽃」은 튀는 시어와 상의 충돌을 쉽게 읽어낼 수가 있고 또 시인의 시적 의도가 불분명하여 상당한 혼란을 일으키게 한다면, 이에 반해 「꽃이 지네」는 보다 편하게 읽히는 그대로 잘 갈무리된 정격의 단시조라 할 수 있다.

그런데 이번 시집 수록 작품 중에도 「동백꽃」이 있어 앞의 생각을 더 분명하게 뒷받침해주었다.

집도 돈도 없는데
빨간 접동백 꽃나무 샀다

어디 둘까 몇 끼는 굶자
마냥 흘려 끝낸 흥정

고향 집
뜰에 낙화한 핏덩이
환생했다 꽃봉오리
－「동백꽃」전문

　　　위의 인용 작품에서도 "핏덩이"라는 시
어가 보인다. 그러나 '살점 흩어진' 섬뜩한
표정이 아니라 '고향 집 뜰에 떨어져 있던
추억의 꽃'이 환생한 것이다. 따라서 두 동
백 사이에는 적어도 20여 년의 긴 시간대가
놓이게 되고, 그만큼 안정적인 화자의 자세
를 확인시켜주기에 조금도 부족함이 없었
다. 분명 그의 시는 아주 편안해져서 읽는
재미 또한 부담스럽지 않을뿐더러 공감을
나눌 수 있게도 되었다. 연륜 때문일까.
　　이런 생각을 뒷받침하는 단수 한 편을 더

옮겨 읽는다.

고희봉 서러운 등정 그대 언제 날 따라왔소

잦은 만남 아니어도 귀에 익은 그 음성

세월은 내 머리 위에만 눈발 뿌린 게 아니었네
―「아산我山도 고희라네」 전문

새삼스럽게 두보杜甫의 「곡강曲江」을 빌리지 않더라도 우리 삶에 있어 고희古稀는 시사하는 바가 특별하다. 우리(6, 70년대 이후 세대)보다 앞선 세대는 특히 동족상잔의 생사를 헤맨 전쟁의 참화를 당했으며, 이미 그 전에 좌우 이데올로기에 갇혀 남북으로 갈리는 이산의 아픔을 겪어야 했었다.

그런데 전연욱 시인이 그의 진술처럼 "고희봉 서러운 등정"을 한 것이 언제였을까를 짚어보면 이미 열손가락으로는 셈할 수 없을 것 같다는 사실을 깨닫게 되고, 따라서 그의 이번 시집 출간은 각별하다 할 것이다.

이야기가 옆길로 잠시 샜다. 필자가 굳이 위의 시를 인용한 것은 그의 표현처럼 "세월은 내 머리 위에만 눈발 뿌린 게 아니었"음을 깨쳤을 때 보다 더 시의 완숙미를 내비치고 있었다는 사실을 이야기하려 함이었다.

3

전연욱 시인은 한때 소설을 쓰기도 했고, 그림에도 전념했던 것으로 알고 있다. 그렇다고 해서 시를 손 놓았던 것은 아닐 것이다. 다만 상당한 노력과 또 그만큼의 시간이 요구되는 것이 소설 쓰기이고 그림 작업이다. 여기에다 열정 더하기는 물론. 그 뒤의 소회를 시로 읽는다.

예정된 이별이었다
너는 슬픈 내 사랑
열쇠는 버려둔 채 자물통 채워버린
열어볼

이유 없었니라
열공하던 작업실

세월이 허물어져 돌쩌귀도 삭았는지
비집고 흐른 묵향 그 문짝 부숴버렸다
어설픈
눈빛 꽂으며
두서없이 잡힌 손

그러나 덧칠한 내 작품
대책 없이 망가진 묵화
기쁨도 갈피 없고 찢을 일도 아니어서
머잖아
홀로 떠날 그날처럼
목울음 삼키나니
　　　　　　　　　－「여적餘滴」 전문

　　무슨 일이든 그 마무리 수습 과정이 비단
글쓰기와 그림 작업의 여적과 크게 다르지
않을 것이다. 인생도 이와 같을 터, 그래서
"머잖아 / 홀로 떠날 그날처럼 / 목울음 삼
키나니"라는 결구結句가 시의 골격을 잘 받

쳐주고 있다. 화자의 각별한 느낌이 독자의 공감대를 얻는 것은 삶에서 받게 되는 보편적인 설득력을 담아냈을 때에야 가능한 일이다. 인용한 작품도 마지막 수가 그 역할을 해줌으로써 시의 격을 살렸다고 할 수 있다.

    같은 생각을 곁들이게 하는 한 편을 더 옮겨 읽어보자.

베인 눈물 훔치며
부끄럼 용서한 나이테

대책 없이 늙은 건 내 잘못 아니라고

사랑도
이별할 그날
작약꽃 하마 진다

모든 것 두고 떠날
그날 위해 기도하나니

초롱하게 평온하게 비우고 가시옵길

별무리

잡힐 듯 다가오리

천상의 여행길은

―「낙화」 전문

　　인용한 두 시 모두 공교롭게도 "홀로 떠
날 그날"과 "모든 것 두고 떠날 / 그날"을 이
야기하고 있다는 점이 우선 눈에 띈다. "대
책 없이 늙은 건" 내 잘못은 물론 누구의 잘
못도 아니다. 그리고 "사랑도 / 이별할 그
날"을 마치 연습이라도 하듯 "작약꽃 하마
진다"고 탄식하지만 세월의 흐름을 애절하
게 느끼는 나이 앞에서 어쩌겠는가. 그러나
시는 나이와 무관하게 싱그럽고 푸르게 펼
쳐져야 마땅하다는 것을 시인은 잘 알고 있
을 것이다. 이미 "예정된 이별"은 그 시작
부터 마음속에 미리 담아두고 있었을 것이
기에.

4

시력 40년을 넘긴 시인, 그러나 시는 여전히 그에게 있어 미답未踏의 세계일 수밖에 없다. 이것이 시의 미로요, 멍에다.

"마약질 같은 글쓰기를 중단하지 못하고 일곱 번째의 시집을 내면서 시신詩神과의 접신에 꽂혔던 내 뇌파를 측정한 진료 기록을 보이는 것 같다. 허나 이건 내 분신이다. 눈물과 가슴이 아우르며 잡다히 피어난 풀꽃이다."

시집 서문에서 스스로 밝힌 '잡다히 피어난 풀꽃'의 진정한 아름다움을 알았다면 그것으로 천생 시인이다. 시력詩歷이 시의 위상이 못 되며 더구나 명예는 언감생심이다. '풀꽃'으로 피워냈다면 그것으로 자신의 세상을 열어 보였다 할 수 있다. 이것이 시의 세계이며 시인의 길이다.

내가 잠든 사이
바다는 밤새 울었나 보다

뭍과 물로 만났던
우리 살가운 벗은

어느새
뒷모습 보이며
떠나는 걸 잡질 못하네

다시 오리란 기약 있어
뻘밭을 얕게 도는 물새

바닷물이 몰고 온
퍼덕이는 만찬의 달빛

그리워
내가 돌고 돌아
널 기다리는 해변에 섰다
　　－「해변 26－서천 선도리에서」 전문

　　　　'서천 선도리에서'라는 부제를 붙이고 있
　　는 위의 작품은 별리의 추억을 애틋하게 떠
　　올리는데, "뒷모습 보이며 / 떠나는 걸 잡질
　　못하"는 것은 이미 "내가 잠든 사이 / 바다

는 밤새 울었나 보다"라고 미리부터 예단하고 있다는 점이다.

  종래의 전연욱 시인 시는 대체적으로 쉽게 읽히는 편이 아니었다. 도발적인 시어의 빈번한 사용과 충격적인 상의 조합 등 그 보법이 남다른 점 때문이었다. 그런데 이번 시집에서는 위에 든 몇 작품들처럼 아주 편안하게 읽혔다.
  다시 말하지만 시인은 미답의 땅을 일구는 일꾼이다. 그리고 지금 일구고 있는 그곳, 끝이라고 생각했던 지점이 바로 시작점이다. 그래서 끝으로 이제 더 쉽게 읽히고 감동을 독자와 함께 공유할 수 있는 빛나는 시 작업을 이 시집 출간과 함께 또다시 시작하라는 당부의 말을 곁들인다.
  시인은 살아 있는 동안은 언제나 현재진행형이기 때문이다.

| 전연욱 全姸昱 약력 |

본명 전인순 全仁順.

경남 마산 출생. 만 6세 때 거제에서 잠시 살다 통영에서 10년간 성장.

마산여중, 마산여고 졸업, 부산대학교 문리대 가정학과 수업.

1972~73년 《현대시학》 3회 추천완료 등단. 이영도 선생 문제자.

한국시조시인협회 수석부회장, 한국문인협회 이사, 국제펜클럽 한국본부 여성작가위원, 한국현대시인협회 심의위원, 행정자치부 주관 공무원문예대전 시조 부문 심사위원(2002년, 2007년), 한국여성문학인회 이사, 《시조춘추》 편집고문 역임.

현재 한국시조시인협회 자문위원, 한국시조문학진흥회 자문위원, 서양화가 현대사생회 회원.

시집 『비를 몰고 온 바람』(1984) 『지옥도』(1987) 『몸살로 오던 가을』(1991) 『그리운 섬』(1997) 『멀미』(2001) 『산바람 소리』(2009) 『혼돈』(2015), 소설집 『꿈아 꿈아』(1998), 장편소설 『암초밭엔 산호가 핀다』 1, 2권(2003), 3권(2013년 초 탈고).

한국시조문학상(1987), 과천율목문학상(1997) 수상.